Tony

Fenouil

Cajou

Racine

Capucine

Loi n° 49-956 du 16 juillet 1949 sur les publications destinées à la jeunesse
Dépôt légal: 3e trimestre 1999
ISBN 3 314 21175 9

Ève Tharlet a également illustré les livres
suivants pour les Éditions Nord-Sud:

Fenouil, tu exagères!
Fenouil, reviens!
Une petite sœur pour Fenouil
Le gros chagrin de Fenouil
Le Noël de Fenouil
Et si j'étais... une petite souris?
Et si j'étais... un lion?
Et si j'étais... un bébé?
Et si j'étais... un oiseau?

Brigitte Weninger a également
écrit les textes des albums suivants
pour les Éditions Nord-Sud:

Lumina
Nounours
Fantôminus
Au revoir, papa!
Fenouil, tu exagères!
Fenouil, reviens!
Une petite sœur pour Fenouil
Le gros chagrin de Fenouil
Le Noël de Fenouil

Fenouil
On n'est plus copains!

Une histoire écrite par Brigitte Weninger

illustrée par Ève Tharlet

et traduite par Géraldine Elschner

Un livre Michael Neugebauer aux Éditions Nord-Sud

Par un beau jour d'été, Fenouil s'en va jouer au bord
du ruisseau avec son ami Tony.
«On construit un barrage?» propose Tony.
«Je ne sais pas trop comment on fait», répond Fenouil.
«Ne t'inquiète pas, dit Tony. En barrages, je suis champion.»
«Très bien, s'écrie Fenouil. Alors pendant ce temps-là,
je vais fabriquer un petit bateau en écorce. Parce que là,
c'est moi qui suis champion.»
Aussitôt, les deux amis se mettent au travail.

Peu de temps après,
chacun a terminé:
Tony un beau barrage,
Fenouil un grand bateau.

«Tu peux le mettre à l'eau! dit Tony.
Je n'ai plus que la dernière pierre à poser.»
Derrière le muret, l'eau monte
de plus en plus.
«Tu crois que ça va tenir?»
s'inquiète Fenouil.
«Bien sûr, dit Tony.
Moi, quand je construis quelque chose,
c'est toujours du solide!»

Mais à peine a-t-il terminé
sa phrase que le barrage s'écroule.

Le voilier est emporté par les flots.

«Mon bateau, mon beau bateau!» s'écrie Fenouil, affolé.

Et il s'élance sur la berge pour essayer de le rattraper,
mais le courant est plus rapide que lui.

Fenouil revient, rouge de colère.

«C'était le plus beau trois-mâts que j'aie jamais construit!
Et il est perdu, à cause de toi, monsieur le champion!
Tu parles d'un champion! Laissez-moi rire! Vantard, oui!
Mais complètement nul!»

Là, c'en est trop.

«Nul toi-même! réplique Tony. Il n'y a pas de quoi faire un drame
pour un rafiot aussi minable. Je t'en construis un en vingt secondes,
moi. Pauvre imbécile!»

Ça y est, c'est la dispute.

Fenouil et Tony s'empoignent, ils se tirent
et se poussent jusqu'à ce que – boum!
tous les deux se retrouvent dans l'eau froide.
Voilà qui met fin à la bagarre.
Fenouil se redresse le premier.
«J'en ai par-dessus les oreilles de toi, Tony.
Tu n'es plus mon copain. Je ne veux plus
te voir, tu m'entends, plus jamais!»
Fenouil se hisse sur la berge, s'ébroue,
puis court à la maison.

«Tiens, déjà rentré? s'étonne Maman Lapin
en le voyant arriver.
Je croyais que tu jouais avec Tony.»
«C'est fini, je ne joue plus avec lui!»
bougonne Fenouil.
«Allons bon. Vous vous êtes disputés?»
«Oui. Et pour de bon. Pour la vie!
Je ne veux plus jamais en entendre parler!»
Maman hoche la tête.
«Voyons, Fenouil, Tony est ton meilleur ami!»
«Il ÉTAIT mon meilleur ami»,
corrige Fenouil en tournant les talons.

Fenouil va dans sa chambre et prend son lapinou dans ses bras.

«Ah, Racine! dit-il. C'est vraiment toi, mon meilleur ami!

Nous deux, nous ne nous sommes encore jamais disputés.

Tu viens jouer?»

Son petit lapin de chiffon est d'accord.

Fenouil s'amuse à le lancer en l'air,

et le rattrape à chaque fois.

Puis il joue à cache-cache avec lui —

mais c'est toujours Fenouil qui doit chercher.

Et pour ce qui est de lancer le ballon,

Racine n'est pas champion.

Finalement, Fenouil soupire:

«Je t'aime bien tu sais, mon lapinou,

et tu es le seul à m'écouter vraiment.

Mais n'empêche que maintenant,

je commence à m'ennuyer un peu...

Viens, on va aller demander à Cerfeuil

et Cajou s'ils veulent jouer avec nous.»

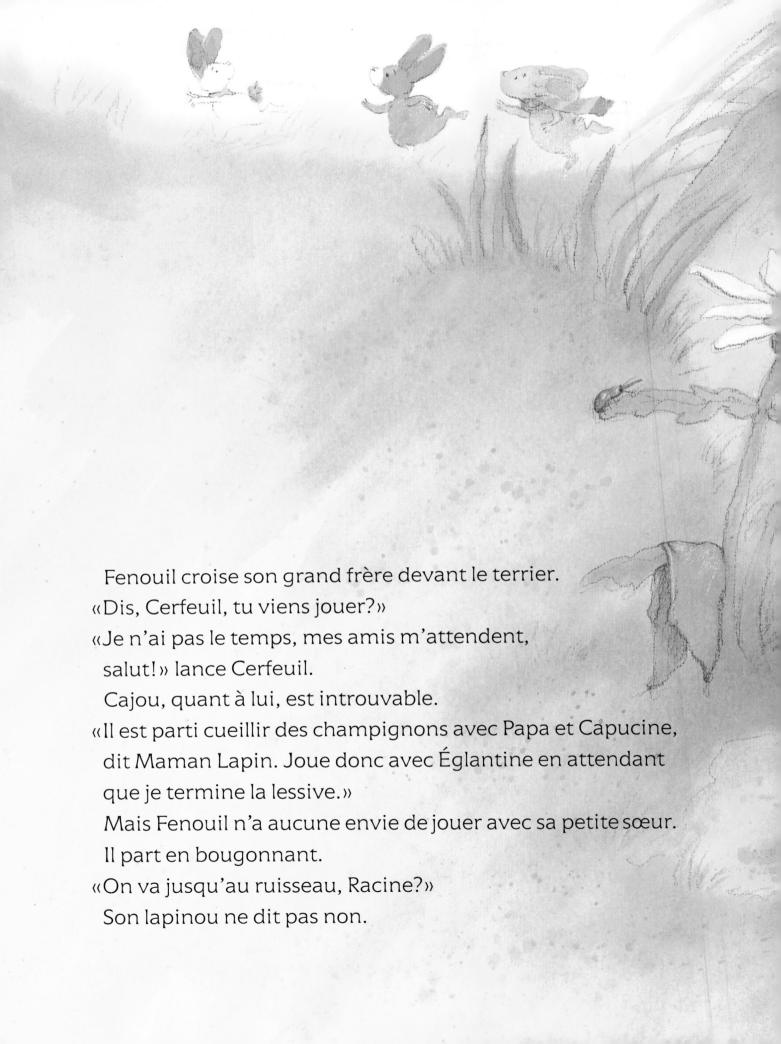

Fenouil croise son grand frère devant le terrier.
«Dis, Cerfeuil, tu viens jouer?»
«Je n'ai pas le temps, mes amis m'attendent,
  salut!» lance Cerfeuil.
  Cajou, quant à lui, est introuvable.
«Il est parti cueillir des champignons avec Papa et Capucine,
  dit Maman Lapin. Joue donc avec Églantine en attendant
  que je termine la lessive.»
  Mais Fenouil n'a aucune envie de jouer avec sa petite sœur.
  Il part en bougonnant.
«On va jusqu'au ruisseau, Racine?»
  Son lapinou ne dit pas non.

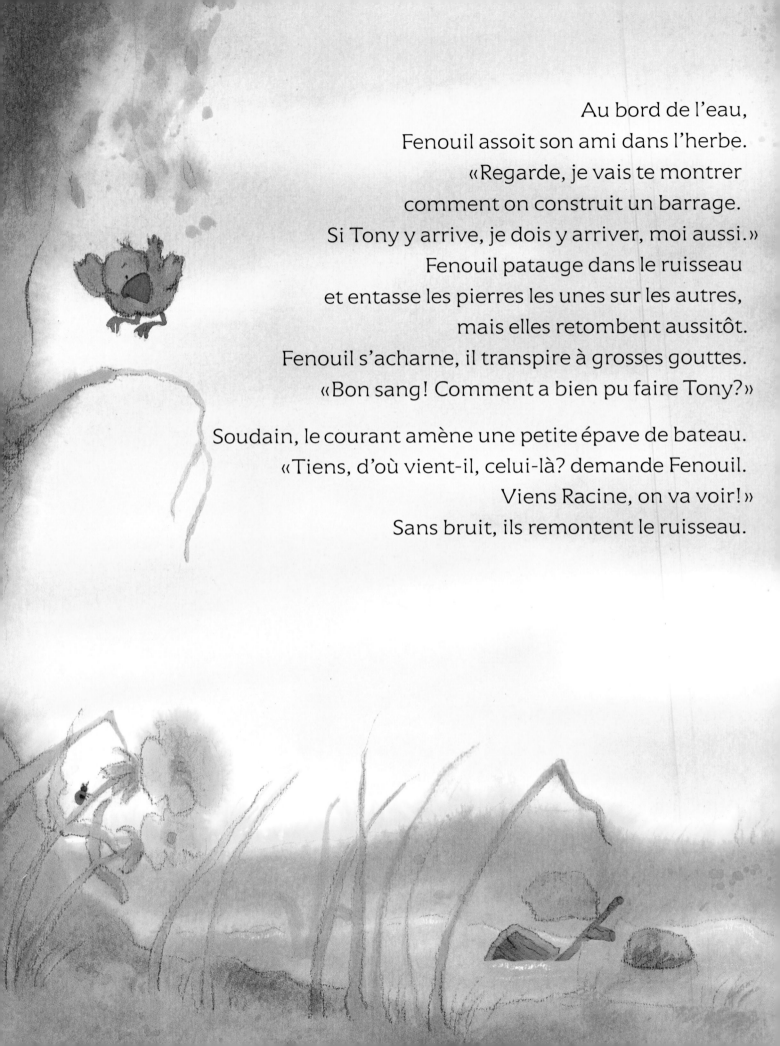

Au bord de l'eau,
Fenouil assoit son ami dans l'herbe.
«Regarde, je vais te montrer
comment on construit un barrage.
Si Tony y arrive, je dois y arriver, moi aussi.»
Fenouil patauge dans le ruisseau
et entasse les pierres les unes sur les autres,
mais elles retombent aussitôt.
Fenouil s'acharne, il transpire à grosses gouttes.
«Bon sang! Comment a bien pu faire Tony?»

Soudain, le courant amène une petite épave de bateau.
«Tiens, d'où vient-il, celui-là? demande Fenouil.
Viens Racine, on va voir!»
Sans bruit, ils remontent le ruisseau.

Tony est assis là, un peu plus haut,
en train de mettre à l'eau son deuxième bateau.
Mais il coule comme le premier.
Tony s'acharne, il transpire à grosses gouttes.
«Bon sang! Comment a bien pu faire Fenouil?»
«C'est simple, répond Fenouil. Il suffit de placer les mâts
bien au milieu et de mieux les fixer.»
Étonné, Tony lève le nez. «Ah bon? On voit que tu t'y connais», dit-il.

«Tu veux que je t'aide?» demande Fenouil.

«D'accord!»

Fenouil explique à Tony comment faire puis, ensemble,
ils construisent deux magnifiques bateaux.

«Bon, maintenant, il nous faut un petit lac
pour les faire voguer, dit Fenouil.
J'ai commencé à construire un barrage
plus bas, mais tu t'y connais mieux que moi.»
«Tu veux que je t'aide?» demande Tony.
«D'accord!»

Tony explique à Fenouil comment faire puis,
ensemble, ils construisent un grand barrage
bien solide en travers du ruisseau.

Dès qu'un petit plan d'eau s'est formé,
les deux amis poussent des cris de joie.
«Bravo! Le barrage tient bon!»
Alors, solennellement, ils se serrent la patte.

«Félicitations, champion!» dit Fenouil.
«Félicitations, champion!» répond Tony.
Et ils jouent ensemble au bord de l'eau
jusqu'au coucher du soleil.

Quand Fenouil rentre au terrier,
toute la famille est déjà à table.
«Eh bien, Fenouil, où étais-tu passé?»
demande Maman Lapin.
«J'étais au ruisseau avec Tony. C'était tellement
bien qu'on a oublié l'heure», explique Fenouil.
«Avec Tony? s'étonne Maman.
Je croyais que vous vous étiez disputés.»
Fenouil hausse les épaules.
«Ça, c'est oublié depuis longtemps...»

«On est de nouveau amis,
et pour la vie!»